마음 그릇

부드러운 소통의 지름길,
마음에서 마음으로

정선 지음

윤혜경 그림

도서
출판 **행복에너지**

마음 그릇

초판 1쇄 발행 2020년 6월 15일
지 은 이 정선
발 행 인 권선복
편   집 권보송
그   림 윤혜경
디 자 인 오지영, 윤혜경
전 자 책 서보미
발 행 처 도서출판 행복에너지
출판등록 제315-2011-000035호
주   소 (07679) 서울특별시 강서구 화곡로 232
전   화 0505-613-6133
팩   스 0303-0799-1560
홈페이지 www.happybook.or.kr
이 메 일 ksbdata@daum.net

* 수록된 일러스트 중 약 50%는 '게티이미지코리아'사이트의 이미지를 사용했습니다.

값 16,000원
ISBN   979-11-5602-812-3   (03810)

마음 그릇

부드러운 소통의 지름길,
마음에서 마음으로

정선 지음

윤혜경 그림

도서
출판 행복에너지

연초록빛이 우리들 마음까지 푸르름으로 한가득 채워주는 오월
의 아침! 어젯밤 내린 빗방울이 처마 밑에 한두 방울 뚜욱 뚜욱
떨어지는 소리가 참 청량하고 깨끗하게 들립니다.

소통을 위해 가슴을 열어 마음에게 다가가는 일은 쉽지 않았습
니다. 강의장에서, 클레이 수업 현장에서도 한 번의 미팅이나 만
남으로 서로를 다 이해하고 보듬어 주는 관계에서 공감이 편안
하게 술술 풀리는 것만은 아니었습니다. 수많은 날들이 지나고
그리고 그 하루 하루의 날들이 쌓이고 모여 웃음과 설렘으로 만
들어지는 바로 오늘의 지금 이 순간까지. 나 그리고 너 우리가
함께 안아주며 노력하는 마음과 서로를 배려하는 마음이 밑바
탕이 되어서 한결같음으로 이루어졌습니다.

진한 커피 한잔을 나누며 아픔을 얘기할 때면 서로의 눈가에 이
슬이 맺히고, 잘하고 있다는 응원의 미소는 당신만이 할 수 있
다는 사랑스러움으로 마음 한구석에 깊이도 자리잡은 그 슬픔
이 잔잔한 위로로 다가와 줍니다. 또 한 번의 감사함은 그 무엇
과 비교할 수 없을 만큼 큰 힘이 되기도 하구요.

이번 마음 그릇은 제가 살아온 저의 수많은 날들의 글과 이야기입니다. 한 번은 웃고 또 한 번은 울고 또 한 번은 기뻤던 날들은 지금의 내 안의 단단함이요, 씩씩함이기에 마음 그릇 안에 하나씩 담아 둔 나의 용기와 나만의 튼튼함들을 하나씩 하나씩 나누고 싶은 생각으로 펼쳐보기로 했습니다. 누구에게나 하나씩 담아두고 살아가는 마음 그리고 그 깊이의 힘, 아마도 오늘도 채워야 할 마음 그릇의 몫이 아닌가 싶습니다.

한없이 지원해 주는 내 가족들과 늘 건강한 내 마음, 수많은 행복한 인연들과 더 행복한 마음 그릇을 채워가고 싶습니다. 저 푸른 하늘 아래 원 없이 자유롭게 날아다니는 노오란 나비가 되어 꼭 필요한 누군가에게 '마음은 당신의 희망입니다.'라는 마음을 소망으로 듬뿍 담아 이 글을 전하고 싶습니다.

써니의 공방에서
2020년 소통의 여신 작가. 정 선

차례

✿ 3장

당 신 에 게

✿ 4장

┌───┬───┬───┬───┐
│ 인 │ 생 │ 이 │ 란 │
└───┴───┴───┴───┘

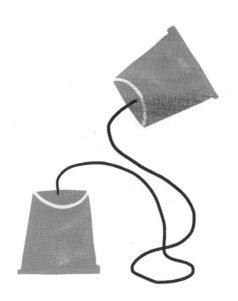

1장

행복한
소통

솜사탕

웃음은
부드러운
솜사탕 같다

서로를
꼬옥
안아준다

웃음은
그러했다.

소통을 한다는 건

사람들과 함께
웃고, 울고
한바탕 인생놀이가 끝나고 나면

우울했던 기분도
행복으로 넘치게 만드는 힘

소통을 잘하는 사람도
소통을 어려워하는 사람도

나를 만나면
모두가 소통의 에너지를 느끼며
행복감을 느낀다

소통을 한다는 건
아마도 서로를 알아가는
시작에서부터인가 보다.

행운의 여신

엄마는, 나에게 늘 행운이 깃들거야
친구는, 내친구 항상 넌 행운아야

내 딸은, 엄마는 행운의 여신이야
내 아들은, 엄마는 행운을 달고 다닐거야

긍정의 밀알들이
씨앗 되어

어디를 가든, 누구를 만나든
내 편에 서주는 행운의 여신을 만났으니
진짜가 되었네

말처럼.

공감과 동감 사이

함께 손을 잡아주고
함께 울어주고
함께 맘 나누어 주는
공감

그것만으로도 서로에게 큰 힘이 되지만

내가 널 다 알아
너와 같은 맘이야
너처럼 아프다
너에게 내가 뭘 해주어야 하니
너의 아픔만큼 나도 아파

너가 되는 동감

공감과 동감 사이
우리는 어디쯤.

소통은 일상으로

소통은
숨쉬듯 자연스럽게

일상에 녹아들어
편안하게

그렇게.

친구와의 만남

약속시간이 한참 남았지만
미리 나와있는
이 시간이
아깝지 않는
그 친구과의 약속

나른한 오후 시간
많은 사람들이 카페에 앉아
나처럼
누군가를 기다리네요

내가 그 친구를 기다리는 시간은 설레고
그 친구가 나를 만나러 오는 시간이 기대되어

아름다운 시간이 되어갑니다.

이쁜 얼굴

내가 이쁘다는 생각을 하는 날이면
좋은 일들로
하루가 행복하드라.

내가 이쁜 얼굴로 밝은 표정으로
인사를 하는 날이면
좋은 사람들이
나에게 행운을 주드라

이쁜 얼굴은
좋은 일
행복한 일
원조네요.

상식의 사람들

배려와 존중이 몸에 배인 사람을
우리는 좋아합니다

타인을 먼저 생각하는 마음은
사람이라는 이기적인 맘으로는
쉽지 않는
인간의 본심

상식을 아는 사람들을 만나면
내가 상식이 있어지는 사람이 되어가더라구요

오늘의 만남은
상식이 있어
행복을 나누는 사람들이였습니다

나를 멋지게 만드는 사람들
그들이 소중하고
감사합니다.

굿모닝

아침인사는
누구에게나 힘이 된다

안녕하세요
라는 말 한마디가
그사람에게 관심을 주는 희망의 메시지 같다.

감사합니다
라는 말 한마디가
그사람에게 당신 덕분입니다라는 감사다

최고에요
라는 말 한마디가
오늘도 당신이 최고가 되기 위해
웃으세요라는 말이다.

백조

강단에서의 나는 아주 씩씩해요

웃는 미소가 아름답다
백만불짜리 표정이다
나에게 힘을 주는 말들이죠

하지만 뒤엔 당당해 보이려 애쓰는
백조같은 내 모습이 있어요

아름답고 당당하고
멋지게 보이려 애쓰는 내 모습

노력하고 또 노력하는
내 사진, 내 삶
당당해보이는 나에게.

좋아요

그럼요 다 좋아요
그럼요 모두 다 좋아요

항상 긍정을 외치는 전문프로강사 썬
항상 최선을 다하는 전문프로강사 썬

그런 사람이 되고 싶어요
그런 친구가 되고 싶어요

좋아요
그래서 더 좋아요.

처음엔

문앞에서
한참을 망설이다
얼굴을 빼꼼히 반쯤 내밀던
당신이 떠오르네요

어색했던
그 표정은
아직도 미소지으며 "저기요"라고 말하던
이쁜 당신의 얼굴이 떠오르네요

처음에는 다 그래요
처음이죠 다 그래요

어색함이 사라지고
안심한 듯해 보이는 얼굴
누구나 처음엔 그래요.

놔두면

슬픔은 슬픔대로
기쁨은 기쁨대로

놔두면
조용히 흘러간다

잡으려 하니

더 아프고
더 힘겹고
더 괴롭다

놔두면
조용히 흘러간다.

웃을 때 제일 행복해요

사람들 속에서
내 이름을 부르며
행복 연습을 하는 오늘

웃는 내가 제일 이뻐요
웃는 내가 제일 사랑스러워

보면
너도 그래
웃을 때 제일 행복해 보여.

사랑스러움

예쁘게 보면 더 예쁘거늘
아픈 눈으로 쳐다보는 그 사람들

사랑스러운 눈으로
사랑스럽게 보려고 하는 마음

지금 이 순간 필요하다.

눈으로 말해요

수천 마디 말보다
무서운 건

눈으로, 안 돼요
눈으로, 하지 마세요
눈으로, 싫어요

들리지 않는 소리
보이지 않는 소리

소통의 시작
눈으로

소중하게….

커뮤니케이션

한 손만 흔들면
소리 없는 침묵이지만

양손을 부딪치니
짝 소리가 나네요

서로가
눈을 보며
서로에게
통신호를 보내야

답답함이 걷어지는
커뮤니케이션
하나가 되어야.

홍삼보다 쎈 놈

사포닌이 많아서
건강에 좋다는 홍삼놈
홍삼보다 더 좋은 게 있다니
무얼꼬

무엇이길래
홍삼보다 더 좋다는 건가
아이구요
알고보니
돈도 안 든다는구먼

힘이 아주 쎄다는 그놈일세
어이오너라
어서오너라

웃음보따리야.

하수 또는 고수

실수를 해도
잘 한다고 격려하며
따뜻하게 말해주는 당신은 멋진 고수

실수를 내탓으로 돌려
더 크게 소리지르며
윽박지르는
당신은 못난 하수

나는.
그 어디쯤에.

서로가 서로에게

있잖아

서로의 걱정을
서로가 해 줄 수 있는 것만으로도

서로가 서로에게
사랑하는 마음으로
살고 있으니

감사해 보자.

누군가에게

누군가 나에게 화를 낸다면
누군가에게
화 대신 사랑을 줄 수 있는
여유가 있었으면 좋겠네요

사랑은
모두에게
삶의 원동력이니.

신뢰는 나부터

믿음이 깨지는 순간
아무것도 아닌 것들도
무슨 일이 된다

신의를 지키고자
애를 쓰고 노력을 해도
믿을 수 없는 일들이 된다

믿음은
혼자서 지켜내기엔
버거운 것이기에.

들통

없는 건
없는 만큼 채우려 애쓰면 된다

없는데
있는척 한다는 건
바보스럽기 짝이 없다

왜냐면
금방 들통이 날꺼니까.

분노

분노를 다스리기엔
가슴이 터질 것 같은

지금의 내 감정들을
꾸욱 누르고

긴
한숨을 내쉰 뒤

내가 이해하면 되지
내가 양보하면 되지

자가최면을 수 없이
걸어보고 또 걸어보니

항상 그랬던 것처럼
나는 또 그 자리에 있네.

고백

고백을 했어
너에게
나는 널 사랑한다고

그런 나에게
침묵으로 답해주는
널
너무도
야속하게 바라보고 있었어

너 혹시 아니
그래도
다행이라 여기는 건
이런 날
바라봐 주는 것만으로도 고마워하는 날

이 모든 것들이
위로가 되네
고백이 민망하지 않게.

진정한 소통

통한다는 건

"아 하면 어"
"뽕 하면 짝"
"해 하면 달"

둘이
하나가 되는 거

그것이
진정한 소통일세

화를 다스릴 줄 아는 사람

그 순간,
참지 못한 채
욱해 버리는 묵은 내 감정은

밑바닥까지 까발리는
어리석은 순간이 고정채널이 되었네요

화는 누구에게나 선택권이 있는데
다스릴 줄 모르는
나는 늘 후회를 하면서
반복하는 초라함까지

화를 다스릴 줄 아는 사람이
참 지혜로워 보인다

그런 사람이 되고 싶다.

생각에서 시작된다

사람들의 행동은
생각에서
시작되는 거지

행동을 말하려는 내 마인드는
결국
내 생각 속 그림들을
내가 결정하는 것처럼

행동에 이끌려가는 마음
마음에 이끌려가는 행동

기억될 이름

세상에 한 줄기 희망 되어
살포시 내려와

사람들과 함께

해도 보고, 별도 보고, 달도 보며
수많은 시간들 속에서
여행을 즐기다

세상을 빛낼 이름은 아니지만
기억될 이름으로 남기고 싶은 맘
다 똑같지 않을가.

감사와 너그러움

작은 것들에 대한
감사함을 표현할 줄 아는 사람은
마음이 넉넉한 사람이리라

큰 것에만 관심을 두는 사람은
자꾸만
감추려만 드는 사람이리라

상처가 가시 되어
동그랗게 감싸 안은 채

아무도 다가가지도
다가오지도 못한 채로
누구도 사랑하지 못하며 살아가고 있는 사람처럼
허해보인다

안타깝고 안쓰러워
내가 먼저 손 내밀고 싶다.

그들에게.

선택과 집중

쓸데 없는 일에
에너지를 낭비하지 말고

쓸모 없는 인연에
맘 다치지 말며

이유 없는 만남에
애써 내 돈 쓰지 말자

무얼 해도
어떻게 해도
아픈 건 가시지 않는 법이니.

처음과 같은 사람

처음처럼
사람을 대하는 마음이
좋은 인연으로 만들어 가는 지름길이다

간혹 나 역시도
친하다는 사람, 좋아하는 사람
가까운 사람이라는 이유로 처음과 같은 마음이 사라져

금방 실수를 하거나
함부로 그에 대해 논하거나
평을 하기도 한다

사람은 참 어리석다
누구에게나 흠이 있고 누구에게나 흥이 있는데
우린 그 누구에게
나라는 사실을 잊고 살아갈 때가 있다.

참 보시

내가 갖고 있는 재능을 나누는 것을
보시라고 말하지요

내가 가지고 있는 보시를 나누고 싶은 맘
항상 가득하다

내가 설 수 있는 강의장에서
우리 모두
웃어주고
소통하고
기뻐해주며
행복감 함께 나누는 것

참 보시는
나에게서 너에게로 조금씩 다가가는 것이다.

신호

힘들었을 거야
난 널 다 알아 라는
눈빛

너에게
내가 보낼 수 있는
최고의 힘을 주는
신호야

그러니까
받아주라.

힘이 들 땐,
누군가에게 마음을 열어

내가 아주 잘하는 게 있더라
나는
누군가에게 힘듦이 다가오면
말없이 들어주는 일을 잘하는 거야

다 듣고 나면
다 울고 나면

말하드라
고맙다고

잘 들어주었다고
잘 안아주었다고

내가 준 마음이 너에게 따뜻했다고.

나 자신에게

나 자신에게
먼저 솔직해지고
편안해지면
좋겠어

내가 행복해야
다른 누군가에게도
행복한 마음을
줄 수도
받을 수도 있는거야.

좋은 사람

누구나
누구에게든
좋은 사람이 되고 싶어 하는 맘

좋은 사람은 타인에겐 참 부드럽지만
정작 나에게는
돌볼 겨를이 없어서

가끔 나를 돌아보면
공허한 마음일 때가 많아지지
아픈 줄, 슬픈 줄, 시린 줄
모르고 살아갈 때가 많았으니

좋은 사람
이젠 그만해

이젠 너에게
좋은 사람 해.

한결같은 마음으로

소통을 잘하는 내 친구는
항상 변함이 없는 마음을 보여주네요

배려를 먼저 보여주고
아픔을 읽어주는 친구의 멋진 모습에
주위에는 참 많은 사람들이 있어요

내가 다가가기 힘들 정도로 바빠보이기도 하고
내가 좋아하는 만큼 더 많이 좋아해주기도 하고

언제나
한결같은 마음으로
나에게 있어주는 친구 덕분에

변하지 않는 그 마음
고마움으로
배웁니다.

누군가를 좋아하는 일

내 마음이
진실해지는 순간

우리는
아주 편안해집니다

누군가를 좋아하는 일
그건 내 마음이
편안해지기 시작하는 거랍니다.

욕심쟁이

갖고 있는
내 양손의 욕심이 다 채워지기도 전에
또 욕심 부리네요

어느 하나에도
양보하려 하지 않는 욕심쟁이들

한 손을 내려 놓으면
참 편한건데
내려놓는 법을 잊어버렸나 봅니다.

소통

당신이
말하는 순간

당신의
눈빛과 마주하며

소통의 시작점에 설게요

소통은
눈맞춤에서 부터.

소통은 가슴이 따듯해야 잘돼요

상처를 받아들일 줄도 알고
상처를 버릴 줄도 아는 사람

잘 보이려는 마음은 있지만
가식은 아닌 것처럼

소통은
먼저 따뜻해야 전달되요

상대가
전하는 마음을 잘 받을 수도 있어요

당신의
가슴이 감춰져 있기 때문에
불통이 늘 앞장서게 되요

따뜻함이 소통의 기본이에요.

말을 많이 하지 말아요

말을 많이 하지 말아요
내가 하는 말들이
거짓이 될 수도 있으니

말을 많이 하지 말아요
우리들이 나누는
말들이 누군가에겐
가시가 되어 찔릴 수도 있으니

말을 많이 하지 말아요
내가 하는 말들이
다 진실이 아니니.

힘들면 힘들다고 해도 된다

아프면 아프다고
표현하며 울어도 된단다

다 살자고 하는 건데
아닌 척하며

더 이상 곪아가는 아픔을
더 큰 상처덩어리로 만들지 말아라

상처는 약을 바르면 바로 나아진다

모른 체하는 상처가 눈덩어리 되어
너를 더 우울하게 만들어 가지

그게
가장 바보스런 일이기도 하고.

때론

있는 그대로
말하고

있는 그대로
행동해봐

마음의 평온이
올거야.

진심으로 대할 때 통한다

친구를 대할 때
진심으로 대해라

친구는 다 알고 있단다
너의 진심의 소리까지도

친구가 웃고 있을 땐
너의 진심이 전해진 거야

진심의 관계에서 통하기

그래야
진짜 친구가 된다.

다름으로 말해요

다르게 말하면 더 좋을 거야

비교를 하며
틀림을 강요하게 되면

대화는 단절되고
소통은 불통으로 연결되는 건
당연함이야

딱
거기까지만 되는 거야

아직 성숙하지 않는 이들의 모습처럼
너와 나의 관계가.

진정한 여유

많이 담는다고
마음이 넉넉해지는 건 아니다

많아도
여유롭지 못하고
많아도 나눌 줄 모르고

지키기에만
급급한 이가 있다

지킨다고 지켜지는 게 아닌데
세상
그 어떤 것들도.

우리

함께
사는 동안
내게
가장 소중한 사람
바로 너야

함께
있는 동안
내게 많은 행복 준 사람
바로 너야

나에게 꼭 필요한 너
그리고
우리

서로 인정하며 살자.

2장

내 감정
들여다보기

마음그릇

사람은 누구나
나만의 마음그릇이 있어요

누구는
상상할 수 없을 만큼의 큰 마음그릇

누구는
보기와는 다르게 작고 소심한 마음그릇

누구에게나
내 맘껏
할 수 있는
맘 그릇

내가 만들어
내가 쓰는 것.

기대 이상

실망감은 결국
기대에서 오는
희망덩어리

사실은
오늘도
난
너에게
기대라는 내 욕심에 지쳐서
실망하며

뒤안길로 돌아선다

기대는 이상도 이하도 아닌
그냥
그대로의 널 보는 것에서

사랑하는 선

내가 널 만나서 얼마나
행복한 줄 아니

남들보다 허한 몸과
작은 일에도 핑하며
눈물부터 흘러버리는 감성적인 정서까지

알아달라고
열심히 살아온 건 아니지만
혼자서 외로워 아팠던 날들과
가족들의 인정으로
하루하루가 행복한 너는 보기 좋아
정말이야

너를 만나 가꿀 수 있어서 좋았고
너를 만나 이쁜 맘을 만들 수 있어서 기뻤어

너가 제일 좋아
그러니 더 힘내라.

나의 가치

나를 배려하는 것부터
시작되는
내 가치

누구도 나에게
함부로 말하지 못하게 만드는 것
그것이
내 가치의 힘

누가
뭐라고 한들
내 가치를 내가 느끼며
내가 내 가치의 행복을 느끼는 것

그것이면 된다.

묵은 고백

사실은
그랬어

그래 맞어
내가 그랬어

그때….

창가에서

멍하니
창가에 앉아
우연히 마주하게 된

내 과거 시간들의
추억들을 꺼내 보네요

참 열심히도 살았네
매사에 최선을 다했네

아쉬움없이 살아온 어제
후회없이 살아갈 내일
그 모든걸 느끼는 오늘

잘 살아왔네.

내 잘못만은

진심으로
나를
위한
말이라
느꼈지만

시간이
지날수록
아쉽고
아픈건

내 잘못만은 아니겠지.

누구에게나 빛이 되는 삶

내 하루가 힘들어서
누구도 돌아볼 겨를 조차 없던 어느 날

버스를 타고
집으로 가는 길

울고 있는 한 청년이 보이고
슬퍼하는 할아버지, 할머니가 내 옆에 있고
아파하는 아저씨가 안쓰럽고
힘겨워하는 학생이 버거워 보이기 시작했다

웃음을 전달하는 톱스타가 내 꿈인데
세상 누구에게나 빛이 되는 그런 사람이 되는 게
내 삶의 목표인데

다시 보기로 했네
이 많은 공간들 속에서 많은 이들을….

의지하는 대로

한번도
누구에게도
힘들다는 얘기를 해보지 않았네요
여적 한번도

힘들긴 했는데
힘든 줄 모르고 살았네요
이제까지 힘듦을

의지하는 사람이 없다는 슬픔보단
내가 이겨야 하는 내 현실이 더 슬펐을까요

내가
나에게
의지하는 대로
내 삶이 더 단단해짐을 느끼며 성장했네요.

아픔이 지나간 뒤

촉촉히 비가 내리고
가시밭길 같던
내 하루 하루가
지나가고

햇살이 비추는 거리에서
꽃길을 희망하던
내 삶들의
내일들

아픔이 지나간 뒤
나는 더 큰 사람이 되어가네.

나는 조용히 기도합니다

우리는 평생
이 삶의 무거운 짐을 들고
포기하지 않으며
찬찬히

그리고 또
천천히 포기하지 않으며
살아주는 것만으로도

유유히 혼자 걸을 수 있는
용감한 사람이란 걸
참말로 감사하며

더 조금만 힘을 내라고 기도합니다.

글쟁이

글을 쓰다보면
아픈 마음도
슬픈 생각도
사라진다

내 과거의
묵은 감정들도
하나씩 잊어진다

내 삶의 모든 것들이
새로워지는 희망 같다.

시간 속에서

엄마가 되는 건
계획되어 있지 않는
우리들 시간 속에서의 작은 경험들인 것 같아요

가족이 생기는 건
준비된 우리들의 삶처럼
정리정돈이 되어지는 건 더욱더 아닌 듯 하네요

시간 속에서
내가 얻고
내가 잃어버린 수많은 것들 중

시간 속으로
돌아갈 수 없음에
시간 속에서
나를 더 찾아보아야겠어요

잘 살고 있는 나를.

용감했어

아니요
라고
말하지 못하는 어른이 되어버린 나는
안타까움이 몸서리치더라

이것, 저것
깊게, 길게
생각할 겨를도 없이

용기를 내어
큰소리로 "예"라고 말하는 순간

용감해지고 있드라
잘했구먼.

마음과 생각의 결과

마음은 생각 안에 있듯
내 마음은 어디에 있을까

마음은 생각을 건드려
내 머리를 움직이는 주인공

생각하던 대로
생각대로 살아가는 사람이 되고자

오늘도
하루를 시작하며
어제의 후회를
오늘의 만족으로 힘차게 달려봅니다

생각대로 살아가는 삶이 되기 위해.

서로서로

세상이 온통 어둠 속이라면
우리는 서로를 얼마나
믿고 의지할까요

귀에 손을 대며
모든 신경과 신뢰 그리고 신의를
말로만 소통하겠죠

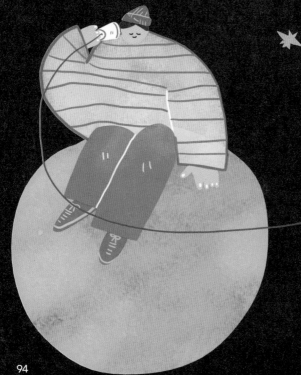

어둠 속에서
나를 찾고
너를 인정해 줄 수 있는 것은

저 하늘의 별이 빛나는 만큼
서로를 빛나게 여기겠죠.

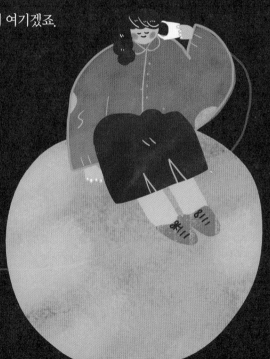

그냥 그렇게

웃음을 좋아하는
많은 분들과
소통의 시간을 보내고 나면

후련하다가도
공허함이 생겨
한참을 멍하게
움직이지 못할 때가 있어요

내 안의 모든 것들 다 보여주면
만족하며 즐거워할 것 같지만

내 안의 에너지가 나가는 만큼
내 안의 가슴이 허하는 건
당연한 것 같아요

그 또한
그냥 그렇게.

좋은 사람, 좋은 이미지

제일 좋아하는 말
좋은 사람

제일 듣고 싶은 말
좋은 강사님

듣고 또 들어도 기분 좋은 말
당신은 정말 멋진 사람입니다

힘이 나고 열정이 솟고 최선을 다하는
나를 위해

스스로에게 박수를 보냅니다.

단단해지기

일부러 표현하고 표출하려는 건
자존심

무의식에 의해 강함을 보이는 건
자존감

내 안에 있는 나를 표현하는
자아존중감을 앞세워

내 모습 속에 보이는 든든함으로
자존감을 키우는 일

자존심보단
자존감이 단단해지길.

나는 재주꾼

손 재주가 많아 먹고 사는데
큰 도움이 되어서 감사해요

말 재주가 좋아서
사람들과 소통하는 힘이 있어 행복해요

좋은 인상이라서
웃는 사람들이 절 좋아해줘요

착한 자식들이라 덕분에
항상 고마워요

참 재주꾼이네
이래저래.

아픈 맘 그대로

상처는 누구에게나 있는데
나만 깊은 상처라고
생각하는 건
나다

아픈 맘 그대로 살아가는 것도
나다

슬프게 만들어 가는 것도
나다

아픈 맘 그대로
산다는 건
더 아프다는 것이다.

배탈

먹는 것이 엉망진창이니
자꾸만
탈이 나네

생각도
멋대로 하게 되면
후회스런 일이 반복되지

잘 먹고
잘 생각하고
잘 싸자.

나의 긴 하루

정신없는 오전 일과
끝없이 바쁜 오후의 시간들

나의 긴 하루가 해지는 서쪽빛 같네요
나의 긴 하루가 시간에 비례되어 파김치 같네요

그럼에도 불구하고

기쁨의 날이 되고
행복을 찾는 날이 되고
감사함을 느끼는 날이 되어서

나의 긴 하루가
예쁜 물로 들여지니 좋네요

자유롭게 살고파

때론
누구누구의 어떤 이로 사는 게
힘에 부칠 때가 있다

그럴땐
다 잊고
자유로워지고 싶다

나만
그럴까나.

내 꿈자리

깔끔한 외모에
말을 맛있게 냄새나게 잘하는 강사

내가 꿈꾸어 왔던
강단에서 멋짐 품어내는 강사

빨간색 정장을 사서
이쪽 저쪽으로
포즈를 취해 보네요

피식 웃음이 나네요

한 걸음
한 걸음씩

내 꿈자리를 향해 다가가는
내 모습이 신나서.

엄마의 집밥사랑

일하는 엄마는
주방에서의 시간보다
강의장과 미팅의 장소가 더 익숙해질 수 밖에 없어요

엄마의 자리를 지키고 싶은 날
내 가족들이 좋아하는
맛난 음식을 준비했어요

큰딸의 환호는
내가 너 때문에 산다라는 맘
느낄 만큼의 감탄사로

둘째 녀석의 먹방 신력으로
셋째의 애교 하나 만으로도 감사하네요

집밥의 에너지는
내 사랑의 행복이며
내 삶의 회복탄력성입니다.

천만에

남을 만족시키려 애쓰는 사람은
카멜레온처럼 보일지 모르지만

천만에

나를 이해하고 사랑하고 아끼는
연습하기를 두려워하는 것이다

어쩌면
지금 내게 가장 필요한 건
나를 아끼기 위한 자신감 키우기다.

있어줘서 고마워

살아 있어줘서 고마워

감사해 할 수 있어줘서 고마워

실망스러운 얼굴이였지만

그래도 희망은 있는 얼굴로 있어줘서 고마워

사랑스럽게 대하지 못했지만

그래도 내 옆에서 자리잡고 있어줘서 고마워.

비나이다

비나이다
비나이다
이 세상 모든 신이시여

건강하게 소통하며
행복하게 강의할 수 있는 시간들을
힘과 함께 주옵소서

아직도 내 편에 서 있는 당신에게

비나이다.

자존감

사랑도 나누고
행복도 나누며
슬픔도 우리 함께 나눌 수 있는데

나의 자존감은 누구에게도
줄 수 없는

내 평생의 그림자 되어
나와 함께 있네

하나 되어.

지금껏처럼만

잠이 오지 않은 밤
뒤척이는
나에게
위로의 말은 힘이 되네

무언가에 불안해하지 말고
초조해하지도
지나친 긴장도 하지 않았으면 해

그냥,
준비된 만큼의
너의 열정과 너만의 에너지로
힘을 내 보는거야

지금껏처럼만.

그곳

시끄러운 도심 속
바쁜 차들 만큼이나
사람들의 발걸음도 어디론가 향하는 모습들이
똑같이
바쁘구나

삶엔,
누구에게나
목적지가 있겠지

그곳을 향해

노력도 해보고
실수도 해보고
성공도 꿈꾸겠지

오늘의 나처럼.

애타는 맘

길을 걷다
은은한 커피향이 이끄는 곳으로 들어가

창밖으로 흐르는 시간들 속에
아메 한잔 앞에 두고
물끄러미 바라보고 있노라니

살면서
내가 아닌 남을 먼저
의식했던 수많은 날들이
이젠 습관처럼 익숙해짐에

두려움이 밀려오네요

벗어나려는 애탐이 더하는 날.

내 노력의 결과물

한번도
게을러 보지 않았어요
부지런한 개미처럼 매일매일 달렸어요

나의 삶 전체가 행복이라고 생각하며
모든 일에 최선을 다하는
맘으로 임하며 살았으니깐요

한참을 뛰어와 보니
노력의 씨앗들이
열매되어 희망으로 꽃 피우네요

정말 감사해요.

내 마음과는 다르게

우리는
가족이라는 이름 아래
함부로 말해서 상처를 주고
함부로 격려해서 아픔을 주고
함부로 판단해서 시림을 주죠

내 마음과 다르게
다가오는 가족이라는 이름 아래

서로에게 위로 대신
서로에게 구속을 하게 되요

내 마음과는 다르게.

지식보단 지혜

요즘 주변에는
똑똑해서 지식이 차고 넘치는 사람들이 참 많아요
남들이 자고 놀고 먹는 여유의 시간을 보낼 때
몇 배의 노력의 삶을 만든
아주 멋진 열정의 사람들이기에

그들의 화려함은
붉은 양귀비 같아
화려함의 자태스러움을 인정해 주고자 합니다

그런데요
한참을 함께 대화를 나누다 보면
꽉 막히는 순간들이 올 때가 있어요

대인관계, 회사생활, 일상생활
하나 하나 들여다보니
수학공식처럼 살고 있어요
주위에선

함께 공존하며 살지만
서로에게 칭찬 없는 관계가 이루어지죠
결국에는
부족함을 발견하여
서로의 소통은 불통이 되고
좋은 맘에서 해주는 격려가
충고가 되어버리는 관계들

지식의 양귀비보단
지혜의 샘물을 선택하고픈 날이네요

생각을 비우며

말과 다른 행동을 하는 나를 마주할 때는
정말로 많이 많이 속상해요

생각을 비우며
다시 돌아볼 수 있는 내가 되었으면 해요

그러기 위해선

오늘부터
마음을 가볍게 비우기
생각도 편하게 비우기
행동은 간단하게 비우기

실천! 할래요.

친절한 강사

남의 말에
귀 기울이며
먼저 손 내밀어주는
온기 있는 사람

나는 그런
부드러운 소통을 이어가는
친절한 강사가 될래요.

나는 조금씩 성장해 갑니다

나는
지금도

조금씩 아주 조금씩
차분하게 안전하게 그리고

천천히
또 천천히

앞으로 앞으로
작지만 인내하며 성장해 나아가고 있어요

초심

꽃은
화려한 날만 기억하지 않아요

씨앗이 되어 싹이 트고
봉우리를 맺어가며
꽃이 피는 그 순간순간들을
아름답게 가꾸어 나가죠

새내기 강사시절
난 꿈을 꾸었고
활짝 핀 꽃들을 바라보며
씨앗의 서러움과 아픔을 견뎌내는 용기를 마음에 담았죠

기억하고
잊지 않으려

또 꽃이 피고
더 아름다워지려
초심을 기억하고 있어요.

눈치보지 마

내 마음이 아픈 줄 모르고
자꾸만
타인의 시선 속에서

이러지도
저러지도

못하는 나

아이 그러지마

이젠
눈치 그만 봐.

아쉬운 운명

내 삶의
목적과 목표가 확실한데

내가
지금의 작은 역경과 고통들을
운명에게 핑계를 대며 울먹이네요
운명처럼 살아가기 싫다며

운명은 내가 만드는 건데
아쉬운 운명을 만들어가네요.

3초 이미지

평범한 나의 일상은
좋은 사람을 만나기에
충분한 시간들이었습니다

이미지가 좋다라는 느낌을 받는 시간
딱 3초의 시간
나의 이미지는
몇 초에 결정이 될까

강의장 앞에서
전신거울을 바라보며
브이를 만들어 강한 긍정을 뽐냅니다

내 3초가
인생의 많은 것을 만들어 줄 것이라는
확신을 가지고서.

추억

지나가는
내 추억 속 주인공은

오늘의 나를 있게
만든
진짜뱅이

간혹

간혹
가슴 속 못이 박히는 것처럼
먹먹할 때가 있다

그 순간, 그때만큼은
어떤 위로도, 어떤 기쁨도 소용없다

못이 녹슬어 가는 것만큼
내 상처만 더 깊어져 갈 뿐….

고통스런 나

진짜 고통은
느끼지 못하는
아쉬움이 클 때
만난다

고통스런 나를.

나를 내가 더 두려워해야 한다

나를 속이려 들 때
나는 나를
공감하지 못한다

나를 보여주고 싶지 않을 때
나는 나를 못 믿는다

그래서
나를 내가
더
두려워해야 한다.

너의 아픈 상처

웃음기
없는
너의
마음이 녹지 않네

상처가
깊어서
더
그럴거야
토닥토닥.

3장

당신에게

해처럼

해처럼
빛나게 웃는
널 보면

내가
더
행복해.

원망

원망,
어느
누구에게도 하지마

원망하는 만큼
니가 아플거야

결국
아픈 기억에서
만나고 싶지 않은
널 마주하게 되지

자꾸
꺼내려하지마.

하고 싶은 일은 그냥 하면 된다

공예를 시작한 지도 벌써
십 년의 긴 시간들이 빠르게 지나갔어요

교육생분들과
웃고 즐기며 소통해 나아가는 동안에도
정말 멋지게 꾸준히 성장해 가는 저를 만났어요

기업강의를 하고자
맘 먹고 콜라보 강의를 준비할 때도

또 한 번 경험을 벗 삼아 성숙해가는
매일매일의 어느날처럼

정답 없는 인생에
하고 싶은 일은 그냥 하면 된다라고
큰소리로 용기내어 말해주네요.

긍정의 힘

지쳐있는 날 향해
활짝 웃어주네

덕분에
나도
같이 웃을 수 있어
힘이 나네

나도
누군가에게
밝게 웃어주며
긍정의 힘을 나눠주고 싶네요.

하찮은 일은 하나도 없더라

노는 것도
우는 것도
웃는 것도
심지어

그냥
걷는 것도

세상 어디에도
하찮은 일은 하나도 없더라.

새치기 하지 마세요

살다보면
중간에 끼어드는
새치기 염색물이 들어옵니다

물들면 전체가 염색되어
완판되어버리는 순간과 마주하죠

살면서 남의 노력에 살살 눈치봐 가며
새치기하는 사람들처럼

타인의 삶 속으로
염색물 들어가면서
아픔을 주는 사람이 되더군요

제발
새치기 하지 마세요.

쉬어가자

시골 작은마을 입구에
저수지가 있는 산책길을 천천히 걸었어요

혼자만의 생각을
한발 한발
차근차근
내 시간 속에 담아서 정리해 보았어요

매일이 바쁜 삶에 쫓겨 돌아보지 못하는
나의 일상들이라
왜 이리 사는지
더 후회하지 말고

쉬어도 된다
쉬어가자.

지나간 사람들

참 많은 사람들을 만나고
또 헤어지는 시간들

날 스쳐지나가는 인연들도
날 기억하겠지만

나 또한 그들을 기억한다

참 좋은 사람들로
지나간 사람들로

이별의 아픔

평생 함께 할 수는 없지만
나는 당신이 내 옆을 지켜주는
사람으로 남을 줄 알았어요

이별의 아픔은
나를 한참 멍하게 만들고

이별의 아픔은
현실 밖의 나로 만들었어요

영원할 수 없지만
영원하고 싶은 마음처럼

이별의 아픔이
가슴을 멍멍하게 만드네요.

힐을 신고

새 구두를 샀어요
구두힐이 높아서
새 신발은 항상 뒷굽이 상처가 나지요

새 구두를 사면서
오늘도 나는 멋진 무대의 주인공이 되고자
연습하고 또 연습해 봅니다

아침 출근길 힐을 신고
나서는 나에게 힘을 주는 한마디

오늘도 당신이 최고이십니다
오늘도 당신은 높은 힐만큼
높이 날 수 있습니다

감사함이네요.

이뻐

혹시
알고 있니,

넌
웃을 때가 이뻐

항상
그랬어

웃어라

보니까
웃지 않는 사람은

늘
슬픔을
안고 다니네

웃어라 제발.

모두의 자리

백 명 모두가
공부 하나에 일등을 하기 위해서
달리다 보면
일등에서 꼴등까지 정해진 숫자 안에서
아파하겠죠

백 명 모두가
각자
자신의 꿈
자신의 희망
자신의 열정을 찾아 달리다 보면

각자의 자리에서
모두가 일등이 되리라 믿어요

각자의 꿈을 찾아
꼴등의 자리를 이길 수도 있어야 해요.

아카시아 꽃향기

오월이 오면
저 산
이 산
가득 채운 향기로운 아카시아 꽃향기

오월이 오면
벌들이 바빠지니
나도 바빠지네
은은한 아카시아 꽃향기

너
덕분에.

보고 싶은 얼굴

동그랗게 생긴 너의 얼굴
난 그런 널
항상 그리워해

보고 싶은 마음, 너의 얼굴 그리며
함께 거닐던
그 길들을 그리워해

보고 싶은 너의 얼굴
오늘도 희미하다.

고마워

빠르게 지나가는 시간들만큼이나
내 사랑둥이들도
자생력 가득 가득 담아가며

건강하게
씩씩하게
잘 성장해 가네요

한번도 고맙다
말하지 못했는데

천번을 넘게 해도
아깝지 않는
내 사랑들아

고맙고
또 고마워
엄마가.

미안한 맘

어색한 마음 어느새
당신에게 들키고 말았네요

잘 해 주려 노력도 많이 했지만

솔직하지 못한
내 모습만
당신에게 보여지네요

이젠
미안한 맘 숨기지 않을래요

이미
알아버린 당신을 향한
미안한 맘이니.

행복을 노래하며

모두가 한자리에
옹기종기 모여
밥 짓는 내음에 행복하고

정다운 서로의
하루안부에
행복합니다

작은 일상이라는
나에게 찾아와 준
고마운 마음들
진심으로 감사합니다.

주차장 아저씨

추운 날도
더운 날도
항상 웃고 계시는 아저씨

뵐 때마다
싱글벙글
뭐가 그리 좋을까

"언제,
제일 좋으세요?"
"제 인사를 받기도 전에
먼저 웃으며 인사해 주시는 분 뵐 때요"

아, 그랬구나…
그럼 나도.

작품

고객님의 간절한 부탁으로
시작된 작품

하다보니
내 간절함이 더 깊어지네

쉼이 필요한 지금이지만
기쁘게
이쁘게

드릴 생각에
편안해지네

시간

시간을
나에게 쓰는 사람

시간을
나에게서 빼앗아 가는 사람

잘 보고
잘 사귀자

우리 서로.

내 엄마처럼 나도

대학 때 아르바이트를 하는 친구들과는 다르게
편안한 시간들로 공부에만 열중할 수 있었던
딸의 그 순간들을
아끼며 지켜주었던 울 엄마는

좌판에 앉아
추운 겨울 얼굴에 동상이 들었는지도 모른 채

나에겐
들어가라고만 하신다

동그란 울 엄마의
볼에 얹힌 동상을 보며 어린 마음에
한참을 울었던 그 시간들이 지나고

이젠
딸에게 엄마가 되어
엄마처럼 말하고 있다
들어가라고.

함께

아프다는 건 누군가에게
도와달라는 거다

기쁘다는 건 누군가와
함께 웃자는 거다

슬프다는 건 누구든
내 얘기를 들어달라는 거다

행복하다는 건
지금 이 순간 나와 함께하자는 거다

인간의 심리가 그렇다.

라떼 한 잔

라떼는 달달해서 좋아요
좋은 사람들과 함께 하면 좋은 것처럼

라떼는 풍족해서 좋아요
좋은 친구들이 나에게 칭찬하는 것처럼

기분이 좋아지는 건

라떼 한 잔 같은
친구가 있고

라떼 한 잔 같은
따뜻함이 있어서 좋아요.

가지 말아라, 하지 말아라

하면 안 된다라고 하면 안 하면 되고
가지 말아라 하면 안 가면 되는 거고
하지 말아라 하면 안 하면 되는데

그걸
무시하고
그걸
이해하지 못하면

무책임해지고
화가 되더라.

오래된 그 얼굴

흰눈이 펑펑 내리는 날
그녀의 안부는 잊을만 하면
애니팡으로 소식을 전하네요

아주 오래된 인연이라
이사를 하곤 만나기 힘든 어떤 얼굴인데

간간히 톡에 올라오는
소식들로 안부를 전해 주어 반가웠는데
어느날엔가부터
애니팡도 카스도 소식이 없네요

궁금해지기 시작할 즈음
그녀가 먼 나라로 떠났다는 소식을 듣고

내가 먼저
안부를 묻지 못함을 후회하고 있네요.

희망의 새처럼

오늘은 너와
함께
새롭고 신난 마음으로

내 온 힘을 모아
희망의 날갯짓하며

훨훨 자유로이 날고 싶다
너랑 함께
오늘.

원장님 감사합니다

늘 웃는 얼굴로 수업했어요
매사에 긍정을 보여드리는
기본원칙을 지키면서

해가 바뀌면
원장님은 또 다른 인연을 찾습니다
자연스러운 새로운 강사님 모시기입니다

그저 최선의 모습만 보여드렸는데
원장님은 십 년째
저만 찾아주시네요

원장님 덕분에
더 겸손해질게요

원장님 덕분에
더 노력할게요.

안경

좋은 관계를 맺고자 하면,
남의 속을 알려고 들지마

알려고
자꾸 들이대면
댈수록
어려워해.

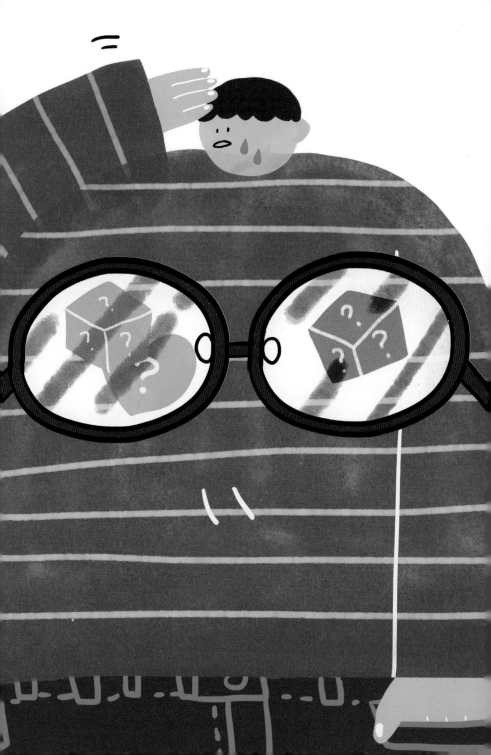

아픈 몸 이끌며

힘들었지
남들보다 더 아픈 몸으로

꾸욱 버티며
지금껏 잘 견뎌와 준

너에게 고맙고
감사해

진심이야.

기다리지 않는 전화

멀어져가는 인연이 있습니다
관계가 그러하듯
만나면 더 깊어지지만

자주 보지 못하면
잊혀져가는 법

살아가는 시간들 속에
기다리지 않는 전화가 있습니다

기다리지 않는 건
그립지 않는다는 것
이젠 정리를 해야겠습니다.

서운함은 기대에서 오는 거래요

기대하고 계신겁니다
당신의 서운한 그 마음은

이젠
빠르게 잊어버리세요

내가 주었던 모든 것들을
기대가 서운함의 씨앗이 되지 않으려면….

나의 행복

힘들 땐 우는 게 당연한데
난 힘들 때 더 강해지려 울지 않았어요

그러다보니
내 마음은 곪아 있었고, 겉으론 강한 척
내 마음의 말을 듣지 않았어요

그래서 지금은 힘들면 울어버려요
눈물과 함께 마음의 짐을
톡톡 털어버리고,

홀가분하게
더 활짝 웃을 수 있는 여유를 갖게 되었어요
이젠 웃으면 좋아질 거라는
긍정으로 나의 행복을 찾아가며
웃어봐요.

보고 싶은 친구

보고 싶은 날
카톡을 보내고
한참을 바삐 보내고 나면
그녀의 답이 옵니다

사랑한다고
좋아한다고
그리고
보고 싶다고

친구는 내 맘을 어찌 그리 잘 아는지.

그냥 있어

나서려고 하지 마
그냥 거기 있어

도움도 아닌 동정도 보여주지마
그냥 그렇게 있어

너의 자리에서
내 자리에서
너를
지키면돼

웃음

웃음이
있어

니가
돋보이는걸
봐

모두를 품는다

하늘빛이 너무 너무 푸르러
쏘옥 빨려들 것 같은 날

바람도 나를 품고
구름도 너를 품고
우리 모두를 품은 하루구나

자연의 변화 속
내 마음 가득 담아

품어주는 당신께
고마움을 전합니다

당신 거기 있어줘서
행복하네요.

원인은 내 안에

내 맘대로
내 뜻대로
일이 잘 안 될 때
나도 모르게 원망을 하네

잘 둘러보면
원인은 내 안에 그대인 걸

덕분에
나를 돌아보며
그대에게
안부를 전합니다.

자연 속 사람들

나무는 혼자 있으면
확실한 자기 이름으로
독보적인 자리에서 아름다움을 뽐내지

숲에 모인
많은 나무들처럼의 웅장함은
이루지 못하지만 말야

나무는 혼자보다
숲이 아름답다는 말이 있듯이
나무 한 그루의 힘보다
푸르른 숲의 아름다움이 더 멋지드라

사람관계도 그래
혼자서 하면 빨라지고 돋보일지 몰라도
함께 가는 사람들처럼 멀리는 못 가는 법

자연이나 사람이나 같구나
함께 살아가는 건.

저 산 너머 그곳에

먼길
돌아돌아
걷다 보면

금방이라도
나올 것만 같은

그 너머의 작은 울타리 길

저 산너머 그곳에는
슬픔도, 아픔도, 기쁨도, 행복도 함께 나눌

내가 서 있을거야.

일부러 그러지 마

쓸데없는 일에
에너지 낭비하지 말아라

보기 싫은 사람을
억지로 만나지 말아라

만나고 싶은 사람을 만나기도 바쁘고
싫은 사람 피하기도 바쁜데
왜 일부러

내 삶의 행복의 조건들을 내밀어 가면서
거꾸로 올라가니.

진짜 바보

매번
양보하고
이해하고
배려하는 그 사람은
좋은 사람이고 착한 사람이야

착한 사람을
바보처럼 보는
너의 눈이 잘못된 거야

알겠니
진짜 바보야.

봄꽃

새싹이 올라오는 건
겨우내
힘든 추위를 이겨낸
너의 강인함일꺼야

꽃봉우리가
만개를 하기 위해
봄 햇살을 즐기는 것
역시 너의 수고로움이야

봄꽃은
우리 모두의 새로움

시작의 의미.

청춘의 시간들은 다 지나가고

백세시대라고 세상 사람들이
떠들어대지만
사실은

청춘의 시간들이 지나면
모두가 서글퍼지는건 똑같아

중간쯤 살았으니 뭔가
이룬 듯 보이지만
사실은

이대로
존재해 주는 것만으로도

대견해, 대단해
당신
아주, 잘 살아 왔어.

나누기

함께라는 말
우리라는 말
참 듣기 좋다

나
너
혼자

각자의 삶이지만
나눌 수 있는 삶이 되었으면 한다

웃고, 행복한 마음을
서로 나누었으면
참 좋겠다.

멈춤을 기억하렴

전진만 하는 열정의 청춘은
금방
아픔을 느끼더라

앞만 보고 가는 젊음의 패기는
노장에게
어느새 밀리더라

그럴 땐
전진도 앞만 보는 것도
잠시 멈춰보아라

작은 구멍으로 드리우는 빛은
희미한 통로가 되더라

또 다른 길 찾아
멈춤을 기억해봐.

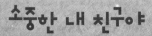

소중한 내 친구야

지금, 슬퍼하는 친구야
지금, 기뻐하는 친구야

울고, 웃는
내 친구야

우리 같이 웃자

나랑.

웃는 건

웃는 건,
지금 니가

무척이나
행복하다는 거야.

4장

인생이란

욕심

아무런 대가 없이 하나를 주었더니
하나를 더 달라고 하네요

욕심 앞에 서면
욕심을 내는 건
당연하다지만
세상 공짜 없는 걸 알 나이

세상 공짜는 빚으로 온다는 걸 알 나이
욕심을 보면
욕심이 보여서
화가 난다.

사랑은 주거니 받거니

두 사람이 사랑을 하는데
한 사람이 주는 사랑은 일방통행길이야

두 사람이 좋아하는데
한 사람이 받는 사랑도 외길 같은 거야

두 사람이 사랑을 한다는 건

주고, 받고
나누고, 느끼고
행복하는 것야
둘이서.

서로서로 그렇게 함께

어릴적에
친구들과 싸움을 할 때면

어른들이 말씀하셨다
친구끼리는 사이좋게 지내야 한다고

어른이 되어
내 아이에게
친구와의 경쟁에서 이겨야 산다고 얘기하고 있다

서로서로
함께가 없어지는
어른이 되어가는 길

이러면 안 되는데
참 서글퍼지는
어른이다.

산꼭대기에서

험한 산을 올라도
쉬운 산을 올라도
헉헉거리기는 마찬가지

힘든 날도
아픈 날도
행복한 날도
느끼는 슬픔과 행복은 마찬가지

산꼭대기 정상에 다다랐을 즈음
순간 순간
나에게 외치는 소리
"넌 뭐든지 할 수 있어"

멋지네요.

바닷가여행

웃음을 찾아 부산까지 왔씨에
구수한 갱상도 사투리 속에서

광안리의 옛 추억을 더듬으며
나를 이야기하고 있는 나

오랜만에 찾아온 바닷가 여행길

그리운 얼굴들이
파도에 밀려
와르르 수르르
밀물이 되었다 썰물이 되었다 반복하네

여행이 주는 기쁨은
참으로
여유롭다.

갈대

한들 한들 겨울바람에
앙상함만 남아
노을빛을 끌어안고 찾아드는
저 들녘은

홀로
우뚝 선
갈대마냥 외로워 보이는구나

겨울 찬바람
이겨내며
나를 지켜주려 애쓰는
네 덕에
힘을 내야겠다.

아침이슬처럼

눈을 떠
촉촉한 잔디밭을 거닐다 보면

밤샘작업을 하며
이슬을 맺게 만든 녀석들의 수고스러움에
또 한번 감탄을 합니다

아침이슬은
시작을 이야기하는 신호 같아요
새롭게 시작되는
하루의 알람

아침이슬처럼
매일이 시작이였으면 합니다

오늘도.

믿음

시련과 고통
역경의 순간들

이 모든 것들을 이기는 사람은
기필코
어떠한 상황 속에서든
성공하리라 믿는다

나도 그러하리라
믿을래요.

시간은 세월 따라

멈추고 싶지만
멈출 수 없어 안타까운 오늘의 시간들

시간은 세월을 이기고
나는 그 시간 속에
나를 맡긴다

시간을 후회하다 보면
내 삶이 아쉽고

시간을 즐기다 보면
내 삶이 진지하다

시간은 세월 따라 가게 되어있기에.

생각하는 대로

사람은 생각하는 대로 살아간다
생각은 또 마음을
마음은 또 행동을 지배한다

지금의 내 모습처럼
오늘의 나처럼
내일의 너처럼.

행복할 때 더 행복해지고 싶은 맘

사람은 누구나
똑같은 마음이다

아프면 아파서 울고
슬프면 슬퍼서 울고
기쁘면 기뻐서 울고
행복하면 더 행복해지고 싶어서 울고

행복할 땐
그것만으로도 감사함이다

행복할 땐 더 행복해지고 싶은 맘으로
더 열심히 살아가는 것이다.

공부는 끝이 없네

세포들이 늦게라도 움틀거림에 감사합니다

늦게 공부하는 늦깎이 학생,
공부는 끝이 없다를 믿으며 최선을 다하네요

자식들이 엄마가 최고라고
응원을 해줍니다

더 힘이 나서
잠을 이기며 책장을 넘기는 내 모습이
이 세상 그 누구보다 더
아름답고 멋집니다

꿀잼공부
내 삶의 원동력이 됩니다.

온화함

내가 서 있는
이 자리

참으로
벅찬 하루

내게 필요한
온화함 속 불빛은
에너지 되어 따뜻하네요.

이 또한 지나가리라

아프고 슬플 때 하늘 한 번 쳐다보며
외치던 그 말
이 또한 지나가리라

오늘은
하늘의 먹구름이
더 아프고
더 서글프게 만드네요

오늘도
어제처럼
이 또한 지나가리라.

억지

참 쓸데없는 것들에 낭비하며 살아요
참 안타깝게도 내가 하는 일들이 다 정답은 아니에요
참 안쓰럽게도 우리가 알고 있는 것들이 진실은 아니더라구요
참 슬프게도 내가 내 친구에게 배신을 당하고
참 아프게도 내 친구가 나에게 상처를 주어 우울해지네요

그렇다고

억지로 아닌 척 하지 마요
억지는
억지에서 끝나요

아무 변화 없이.

알 수 없는 우리의 내일

황금, 소금, 지금
그 중 최고는 지금이라죠

말만으로 끝나는 지금이 되면
떠드는 우리들의 오늘의 교훈이
연기처럼 사라지겠죠

알 수 없는
우리의 내일

누구도 대신할 수 없어요
나만 할 수 있는
내 하루라서.

산다는 건

아픈 가시처럼
시린 마음처럼

자식과 부모
그리고
부모와 자식
같다.

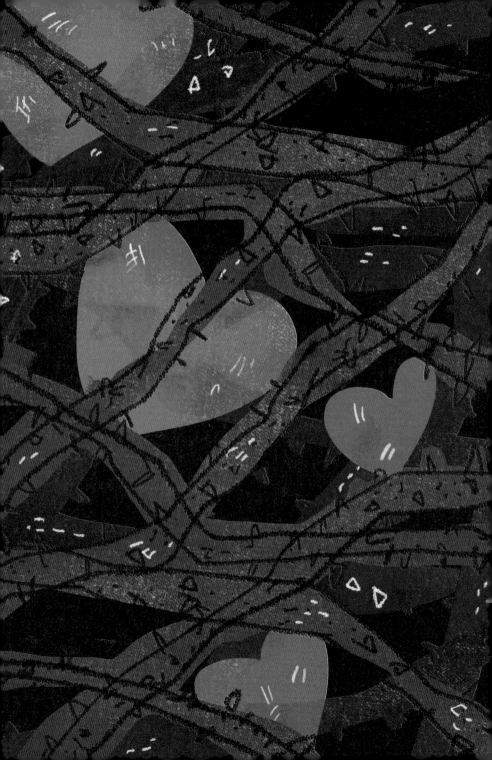

매일이 축제

매일 매일 웃고 사는 사람은 없지만
매일 매일 행복해지고 싶은 우리들의 맘

항상 밝게 웃는 그녀에게 말을 거네요
항상 웃을 수 있는 비결이 뭔가요

어차피
살아가는 오늘
어차피
보내야 하는 지금

매일이 축제처럼 살래요
배우고 가네요.

영원함은 없는데

세상
어느것 하나
영원함은 없는데

왜

우리는 모든 것이
영원할 듯이
억척스럽게 살까

왜.

귀한 대로

내 모든 날,
그 순간순간

귀하고
귀하게
귀한대로

살아가자.

희망의 돛

그래도
계속 도전하다 보면

꼭 이루지 않을까 라는
희망의 돛

오늘도 나는 펼쳐 볼래요
그래도 계속 가라고.

내 생의 꽃길

믿고 또 믿어주고
버티고 버텨서서
우뚝 선 이 자리

남들이 보기엔
하찮고
누구나 하는 일들이라
여기지만

가시밭 길 걷어 내며
맨발로 인내한 시간들

지금이 내 생의 꽃길이라
여기며

지금의 나에게 응원할래요
지금부턴 꽃길이야.

하늘만큼 바다만큼

하늘만큼 깊은 마음 하나
바다만큼 깊은 생각 하나

가득 차 있어
만족스럽네요.

재미있게 살아야겠네요

슬픈 영화를 보면
주인공인냥 슬퍼 울고 있는 나는

기쁜 일이 있어
함께 웃다보면 금새 바보처럼 웃는 나는

행복하게 살자고 늘 다짐하네요

암투병을 이기고
상처의 아픔을 이겼는데

휴

지금이라도, 지금부터라도
재미있게 살고자
최면 걸며 콧노래를 불러요.

닭장 같은 우리집

자유가 있을까
윗집 아랫집
눈치보기도 바쁘고

옆동 앞동
경쟁하듯 살아가기도 바쁜데

인사를 하면
다 알까

닭장 같은 우리집 아파트
편안해보이지만

사실은
그냥 살아간다
어쩔 수 없이.

출발

해오던 우리의 익숙한
행동들의 습관은

사실
잘 바뀌지 않는다

마음도 쉬이 변하지 않는다

달라지기 위해서
출발점이 필요하다

지금부터
출발.

때론

생각이 깊으면
아무것도
이룰 수 없는 법

때론
한번 스쳐가는 생각과 결단이

나를
이곳,
성공의 계단으로 이끈다.

돌고 돌아

다른 곳에서 찾으려 하면
더 깊숙히 숨어버리려 드는 것 같은
행복이라는
작은 홑씨

알고보니 언제나
내 안에 가득차 있는 걸
찾고 헤맸어요

아이들이 주는 기쁨
엄마가 주는 사랑
가족이라는
단단한 에너지와 삶의 원동력이 되는 희망들

돌고 돌아
처음으로 돌아와 보니

행복한 마음은
내가 쥐고 있었어요.

오늘

가장
빛나고 싶고

가장
아름다운 날이였으면 합니다

오늘이.

삶의 무게

누구에게나
오늘은 나에게 소중한 날입니다.

다른 이보다
조금 늦고
조금 처진 행동과 평가를 받지만

무게는
내가 이길 수 있을 만큼
내려준다고 하죠

사랑을 나누는 것처럼
기쁨을 나누는 것처럼
행복을 느끼는 것처럼

그 무게도
나눔으로 가면
조금은
수월하지 않으려나.

마지막이란

시작점이
있었던 것들

그리고
끝이라 말하는 마지막의 순간

아마도
또 다른 시작을 위한
마무리이리라

시작은
늘 끝이 와야
또 새로워지는거니까.

삶

구비구비
외길따라
한없이

쉬었다
걸었다
뛰었다
가는게

삶

아니겠니?

봄

너무도
빨리 찾아오는 봄햇살

초록빛 새순처럼
우리의 희망·열정·에너지도

봄손님과 함께
빨리 오면 좋겠네요

2월 초
어느 날.

세상은 다 그래

다 웃고 있지만
사실은 하나쯤
아픔은 다 있어

세상사람들 다
파라다이스 같은 날처럼 보이지만
사실은 아픔 없이 살아가는 이 없어

세상은 원래 다 그래
예전에도
지금도.

세상을 살다 보면

다 똑같은 것 같아요
웃기도 하고
울기도 하고
슬프기도 했다가
행복하기도 하는
같은 공간 같은 시간들 속에서
세상을 살다 보면요

그래서 더 살만하고
그래서 더 함께 할 수 있을 것 같기도 하구요

마주앉아 안아주고
함께 힘을 줄 수 있는 것

그것이
세상을 살다보면 느끼는 만족스럼이듯이.

또 하나의 기회

내 나이 마흔 후반줄
아슬아슬 외줄타기처럼
매일이 전쟁터 같다

일어나기도 하지만
넘어지기도 수없이 많이 했다

그런 위기의 순간들은
나에게 참 많은 것들을 돌려주기도 한다

경험과 성장의 시간들
성숙된 삶의 노련함까지

결국
위기는 감사하게
또 다른 기회의 첫발이자
또 하나의 기회가 되어준다.

연습 중

천천히 걸어봤어
차분히 앉아서 하늘 한 번 보고
사뿐히 걸어 땅 한번 내려봤지

뭐 그리 바쁘다고
왜 이리 급하게

오늘을 살까
그래서
오늘은 천천히 가보려고
연습 중이야.

수없이 많은 기회

행운이라는 녀석은
수없이 많은 시간들 속에서

아무도 모르게
지금 이 순간도
조용히 스쳐지나갑니다

내가 알아채지 못할 정도의
빠름의 속도로
내가 알아서 준비하지 못함을
후회할 시간도 없이요

수없이 많은 기회가
또 오리라 믿고
잡아보려 해요

후회 없이.

바다를 보고 왔다

매일 보는 바다지만
고민들 다 내려놓고
아무 생각없이 한참을 파도의 일렁임 속에서

나에게 질문을 해 봅니다

잘하고 있니?
잘살고 있니?
잘 하려고 하니?

바다는 아무 말 없지만
바다의 힘찬 파도에게

나도 힘을 낼 수 있음을 일깨우고 옵니다.

화려한 꽃처럼

이왕이면 다홍치마 라지만
못생겨도 다홍치마가 될 수 있는 나는

화려한 꽃처럼
아름답지 않아도

화려한 맘은
나를 더 빛나게 하는 날들의 연속이었어

누구에게
누구나
간직하고픈 화려함

내 안에 가득 차 있음을 느끼는 날.

가벼운 구름은

구름은
머금고 있던 빗물도
아침이 되면

뜨거운 햇님에게 마술을 부리듯
금새
참 가벼워 보여요

그 마음도
그 모습도
솜털처럼 가벼운 구름은

덕분에
많이 많이 행복해 보여요

하늘 위 가벼운 구름은.

두려운 마음 때문이다

우리가
쉽게
포기하는 이유는

불가능할 것 같아서가 아니다
해 본 경험이 없어서도 아니다

그냥
불가능할 것 같다는
두려운 마음 때문이다.

무한한, 내일의 나에게 도전합니다

짬짬이 써 놓은 글들이 이렇게
한 권의 책으로 나올 수 있다니
너무도 감사합니다

도전을 하면 꼭 성과를 얻는 건 아니지만
도전도 하지 않은 마음으로 기대만을 기다리는 건
나답지 않아서

무한한 나에게
내일에 맞서고자 또 한 번의 도전을 해 봅니다

내일의 나는 누구보다 더
씩씩하며 용감할 것을 이 글을 통해 남기고 싶습니다

아무도 모르는 내일
그래서 더 스릴이 넘치는 내일

그 내일의 주인공이 되렵니다
지금처럼.

꿈꿉니다

오늘은
어제와 다른
아침 햇빛을 만나고 싶어요

오늘은
어제와 다른 일상의 시간들로 만들고 싶어요

어제와 다른
오늘을
꿈꿉니다.

인생이라는 내 꽃밭에서

자기만의 색으로, 각자의 자신을 뽐내며
봄이 오는 소리에 맞춰
푸릇푸릇 싹이 틔어 오르고

존재하는 매 순간순간
뜨거운 태양빛 열정의 여름처럼
화려하게 꽃을 피워내는 나는

이세상 유일무이한 나만의 꽃이기에

내 꽃밭에서
물을 주며 아낌없는 사랑으로 살아가고 있어요

나는
화려하지는 않지만
나라는 인생의 꽃밭에
내이름 두글자 이름표를 달아주고 싶어요

인생이라는 내 꽃밭에서.

내가 만든 내 인생

항상 웃고 살고
즐겁고 살아오며
행복한 날들을 만들며
내 삶의 주인공처럼 살아왔더니

기쁜 날들은
부메랑이 되어
꿈 같은 내 인생으로 채워주네요.

즐겨야 할 용기

피할 용기가 없으면
즐겨야 할 용기를 기르자

피하지도
즐기지도 못하는
그런 바보는 되지 말자.

동백꽃

한겨울
씩씩하게
붉은빛을 내는
남쪽마을 동백꽃

흰 눈 속에서
빛을 내며
빛나는 한겨울의 자연스러움
너의 이름은 동백꽃

힘듦에서
피어나는 동백꽃처럼
힘들지만
이겨내는 내가 되리라.

✿ 추천사

✿ **김진혁** 동안미소한의원 대표원장

책을 펼쳐 읽는 동안 마음이 안정되고 평화로워지며 가슴이 따뜻해졌습니다. 마치 상담실에 편하게 앉아 치료받고 있는 기분이었습니다. 이 책 글귀마다 저자 정선 님의 절제와 배려, 사람에 대한 따뜻한 시각, 세련된 경청과 지지, 동감과 공감이 배어 있습니다. 아주 이해하기 쉽게 잘 써주셔서 아이들에게는 교육용으로, 많은 이들에겐 마음을 힐링하는 책이 될 것 같습니다.

✿ **이창순** 『공부유감』 저자

삶이란, 언제나 아슬아슬하고 복잡합니다. 눈만 뜨면 걱정 없는 날이 없죠. 어느 것 하나 만만한 일이 없습니다. 따뜻한 마음의 위로가 필요할 때, 작가님은 사람은 누구나 마음 그릇이 있다고 합니다. 큰 마음 그릇, 소심한 마음 그릇…. 다 내가 만들어 쓴다고 하니 어떻게 하면 마음 그릇을 넓혀갈지 이 책을 통해 생각하면서 살아야겠습니다.

❀ **정지승** 아름다운성교육문화연구소 소장

삶의 행복을 찾아 떠나는 순간순간 과정에서의 아쉬움 그리고 아픔
은 내가 겪어야 하는 내 삶의 숙제 같은 것입니다. 내 숙제를 할 줄 아
는 단단한 마음의 파워 에너지가 꼭 필요합니다. 정선 강사님은 그런
마음을 가득 담아 함께 나누고 싶어 하는 넉넉함으로 소통하시는 분
입니다. 미소가 아름다운 그녀와 함께 나누었던 시간들을 기억하며
『마음그릇』이 승승장구하길 기원합니다.

❀ **김문교** 언론인 겸 방송인, CAM방송 대표

바쁜 일상과 직장생활에 시 한 편 읽을 여유도 없다면, 건조한 삶 속
에서 잠시나마 나만의 삶을 생각해보는 시간을 갖고 싶으시다면, 바
로 이 책을 추천합니다. 정선 시인의 『마음그릇』을 말이죠. 우리에게
따뜻함을 알려주는 마음이 예쁜 책입니다. 시를 통해 접할 수 있는 정
선 작가와의 부드러운 소통이 마음에서 마음으로 전해져 '살맛나는
세상'을 함께 만들어가는 계기가 되길 기대하면서, 진실이 상식이 되
고 소통이 행복이 되는 우리 모두의 사회를 꿈꿔봅니다.

🌸 **김혜경** 서양화가, 포스코미술, 그린아뜰리에

살면서 수많은 인연을 갖게 되죠. 나에게 다가온 '정선'은 편안하고 따뜻한 감성을 가진 사랑스럽고 귀여운 엄마이며 – 시인이에요. 그녀에게선 보드랍고 예쁜 마음을 느낄 수 있어요. 정선 작가의 색은 오묘한 보라색을 띠며 보는 이들에겐 행복한 분홍색을 뿌려주죠. 여름의 길목에 서 있는 즈음에서 요즘의 모든 힘듦을 겪는 이들에게 힐링의 분홍빛 꿈을 공유하도록 해요. 『마음그릇』 출간을 응원합니다.

🌸 **최지영** 동양화가

정선 작가는 어릴 때부터 미술에 관심과 재주가 많았습니다. 그 재주 숨길 수가 없어 엄마가 되어 공방을 열었고 다양한 사람들을 만나며 마음 열어 소통하고 스스로 마음그릇을 키워나갔나 봅니다. 작가의 〈놔두면〉 시 중에 "놔두면 조용히 흘러간다."라는 대목이 있습니다. "이렇게 하세요. 이렇게 하는 게 낫겠어요."라고 제시하지 않고 무덤덤하게 놔두라고 툭 한마디 던집니다. 이 시구를 읽어 내리다 가슴 한 켠이 무너집니다.

정선 작가의 글 중 〈감사와 너그러움〉처럼 어느새 저도 작가의 글에 동화되어 입가에 미소를 머금고 책장을 덮습니다. 작가는 처음부터 끝맺음까지 한없는 아량으로 다양한 사람들을 품어줍니다. 아이들 엄마로서, 공방선생님으로서 미래를 개척하며 마음그릇이 누구보다도 큰 정선 작가님의 『마음그릇』 책 출간을 축하드립니다.

🏵 김도운 금강일보 논설위원, 소설가

돈에 미쳐 사는 세상이다. 세상의 모든 가치는 돈으로 환산된다. 하
지만 대한민국에서 창작을 한다는 것은 실로 돈과 거리가 먼 일이다.
상위 1%에 드는 작가라야 자신의 창작을 통해 겨우 먹고사는 일을 해
결한다. 자본주의 사회에서 창작은 생산성이라곤 없는 무의미한 활
동이다. 그렇지만 대한민국 곳곳에서 다양한 창작은 끊이지 않는다.
창작은 고독과 고뇌의 과정을 거쳐서 잉태된다. 그 과정을 경험해보
지 못한 이들은 알기 어려운 묘한 마력과 매력이 있다. 그래서 예술
가들은 그 묘한 마력과 매력을 얻기 위해 도전하고 또 도전한다. 그
래서 우리는 창작을 아름다운 고통이라고 표현한다. 모두 돈을 좇을
때 누군가 진정한 진선미眞善美의 가치를 좇고 있기 때문에 세상은 이
정도의 아름다움을 유지할 수 있다.

공예를 하면서 시를 쓰는 정선 작가는 진정한 예술인이다. 그의 시는
항상 인간을 향하고 있다. 그래서 그의 예술은 인간미가 넘치고, 삶
의 의욕이 꿈틀거린다. 대전사람 정선. 끊임없이 창작하고 고뇌하는
정선. 그에게 아낌없는 박수를 보낸다. 창작하고 고뇌하면서도 늘 이
웃과의 끈을 놓지 않는 정선의 예술가 정신에 감사의 마음을 전한다.
인간을 찾으려는 그의 시가 참으로 아름답다.

김동섭 대전대학교 교수(시인), 前 대전시의원

시에 대해 따로 배워본 적은 없다. 하지만 시를 읽으면 마음이 평온해짐을 느낀다. 정선의 시는 뜬구름도 없고, 공허함도 없다. 사실이 녹아 있을 따름이다. 그저 일상이 그대로 펼쳐질 따름이다.

정선은 공방을 운영하고 있는 공예가이다. 나는 그가 공예가라고만 생각했다. 그런데 어느 날 시집을 출간한다고 연락이 왔다. 적지 않게 놀랐다. 시 한 편을 쓰기가 얼마나 어려운지 짐작이 되기 때문이다.

출간되기 전 정선의 시를 읽어보았다. 어렵지 않아서 좋았다. 생활 속에서 찾은 소재여서 친근하게 다가왔다. 삶 속에서 얼마나 인간을 그리워하고, 관계를 중시하는지 찾을 수 있었다. 정선의 시는 인간적이다. 삶에 대한 강한 애착이 드러난다. 메말라가는 세상을 향해 연대하고, 관계를 이어가야 한다고 끊임없이 호소하고 있다. 그는 진정한 휴머니스트이다.

윤혜경의 그림은 볼수록 깊이 빠져들게 하는 묘한 매력이 있다. 아주 단순한 선과 색을 사용하지만 정감이 넘치고 숨결이 느껴진다. 인간을 몹시도 사랑하는 정선의 시와 담백한 윤혜경의 그림은 절묘한 조화를 이룬다.

늘 아름다움을 찾는 작가 정선, 순수와 애정을 담아내는 작가 윤혜경. 이 둘의 만남이 아주 멋진 시집을 세상에 내놓았다. 이 시집은 많은 이들에게 잠시나마 아름다움을 갈구하게 할 것이다.

'행복에너지'의 해피 대한민국 프로젝트!
〈모교 책 보내기 운동〉

대한민국의 뿌리, 대한민국의 미래 **청소년·청년**들에게 **책**을 보내주세요.

많은 학교의 도서관이 가난해지고 있습니다. 그만큼 많은 학생들의 마음 또한 가난해지고 있습니다. 학교 도서관에는 색이 바래고 찢어진 책들이 나뒹굽니다. 더럽고 먼지만 앉은 책을 과연 누가 읽고 싶어 할까요?
게임과 스마트폰에 중독된 초·중고생들. 입시의 문턱 앞에서 문제집에만 매달리는 고등학생들. 험난한 취업 준비에 책 읽을 시간조차 없는 대학생들. 아무런 꿈도 없이 정해진 길을 따라서만 가는 젊은이들이 과연 대한민국을 이끌 수 있을까요?

한 권의 책은 한 사람의 인생을 바꾸는 힘을 가지고 있습니다. 한 사람의 인생이 바뀌면 한 나라의 국운이 바뀝니다. **저희 행복에너지에서는 베스트셀러와 각종 기관에서 우수도서로 선정된 도서를 중심으로 〈모교 책 보내기 운동〉을 펼치고 있습니다.** 대한민국의 미래, 젊은이들에게 좋은 책을 보내주십시오. 독자 여러분의 자랑스러운 모교에 보내진 한 권의 책은 더 크게 성장할 대한민국의 발판이 될 것입니다.

도서출판 행복에너지를 성원해주시는 독자 여러분의 많은 관심과 참여 부탁드리겠습니다.

도서출판 **행복에너지** 임직원 일동

❀ 출간후기 ❀

마음그릇

**여러분의 마음을 담아 간직할 수 있는
소박한 진흙 그릇이 되기를 희망합니다!**

권선복
(도서출판 행복에너지 대표이사)
대통력직속 지역발전위원회 문화복지전문위원

'열 길 물속은 알아도 한 길 사람 속은 모른다'라고 합니다. 우리 자신
의 마음도 이렇게 알기 어려우니 타인의 마음을 이해하고 소통하기는
더욱 어려운 것이 당연할지도 모릅니다. 점점 더 빠르게 변화하는 사
회 속에서 타인과의 소통을 위해 진지하게 마음과 시간을 투자하는 사
람은 많지 않기에 많은 사람들이 소통 부재와 불통에 의한 대립, 갈등,
외로움이라는 깊은 터널 속에서 방황하며 어려움에 빠져 있습니다.

정선 저자의 이 책 『마음그릇』은 이러한 소통 부재와 불통의 사회 속에
서 힘들어하는 사람들의 마음을 보듬어 주고 각자가 가진 '마음그릇'
을 긍정과 행복, 따뜻한 소통으로 채워 나가는 저자 본인의 활동과 생
각을 요약한 한 편의 시집입니다.

공예 공방을 운영하면서 동시에 소통과 힐링의 강사로 활동 중인 정선 저자는 마치 부드러운 진흙이 여러 가지 모양의 그릇으로 만들어져 다양한 모양의 물질을 담는 것처럼 각자 다른 경험과 배경, 사정을 가진 사람들의 마음을 경청하고 어루만져 줍니다. "놔두면 조용히 흘러간다"라는 책 속 시구처럼, 무언가를 제시하고 요구하고 강요하는 것이 아니라, 경청과 존중으로 상대가 스스로 답을 찾을 수 있도록 도와주는 강연을 지향합니다.

이 책 속에 담긴 시들이 어렵지 않고 편안하면서도 우리 가슴 깊이 다가오는 것도 그러한 이유일 것입니다. 많은 이들이 삶에 지쳐 관계를 포기하는 메마른 현대 사회 속에서 우리는 서로 관계하고 소통하고 연대할 '가치'를 가진 존재라는 호소가 평범한 시구들 속에서 뜨겁게 느껴집니다. 살아 있는 정감과 숨결을 가진 윤혜경 그림작가의 담백한 그림이 시의 사이사이를 사람의 향기로 덮어 줍니다.

항상 아름다움을 찾아 헤매는 공예작가이자 사람을 사랑하는 소통 강사인 정선 저자의 책이 독자분들의 다양한 마음을 담는 부드러운 마음 그릇이 되어 선한 영향력과 함께 힘찬 행복에너지로 승화되어 대한민국 방방곡곡에 전파되기를 기원 드립니다.

사랑으로 핀 꽃

박필령 지음 | 값 15,000원

유방암 4기를 극복하고 새로운 삶을 살고 있는 시인의 시 전반에 깔린 정서는 삶에 대한 축복과 애정이다. 기교 없이 단순하면서도 우아하고, 소박하면서도 마음에 포근히 꽂힌다.
시인은 우리의 삶에서 한결같이 아름답게 불려지는 사랑과 꽃에 대하여 노래한다. 봄기운처럼 얼음물을 녹이는 사랑과 작지만 온 우주를 품은 듯 충만한 꽃, 미소 하나로 작은 위로가 되기를 바라는 마음 등 결코 가볍지 않은 주제를 충분히 녹여낸다..

행복, 철들어 사는 재미

박종구 지음 | 값 15,000원

현대 사회를 살아가는 우리들에겐 나는 누구인지, 행복은 무엇인지, 삶은 무엇인가에 대해 진지한 성찰이 필요할 때가 있다. 『행복, 철들어 사는 재미』는 그런 소소한 진리에 대해서 담담하고 정갈하게 이야기한다. 잠시 목적 없는 삶을 멈추고 내 안을 지켜보며 나를 둘러싼 환경을 주시하기를 권하는 글을 읽어 내려가다 보면 작가가 전하는 소소한 진리에 대한 가치가 어느새 마음에 맴돌다 자리 잡을 것이다.

산에 가는 사람 모두
등산의 즐거움을 알까

이명우 지음 | 값 20,000원

등산 안내서라기보다는 등산을 주제로 한 인문학 에세이라고 부를 수 있는 책이다.
등산의 정의와 역사를 소개하고, 등산이 가지고 있는 매력을 소개하는 한편 등산 중 만날 수 있는 유익한 산나물과 산열매, 야생 버섯과 꽃 등에 대한 지식도 담아 인문학적 요소, 문학적 요소, 실용적 요소를 모두 갖춘 등산 종합서적이라고 할 만하다.

세계 최고령 기업의 비밀

김정진 지음 | 값 15,000원

『세계 최고령 기업의 비밀』은 노년층을 위한 평생학습기관이자 사회적 기업인 '은빛둥지'의 실화를 기반으로 하고 있는 소설이다. '잘나가는 사업가'에서 'IMF 노숙자'를 거쳐 '할아버지 컴퓨터 선생님'으로 극적인 재기를 이룬 라정우 원장과 다양한 사연을 갖고 '은빛둥지'의 일원이 된 사람들의 감동적인 꿈과 열정, 갈등과 화합을 통해 이 시대의 노년층에게 진정으로 필요한 복지가 무엇인지 생각해 볼 수 있는 계기를 제공할 것이다.

아름다운 눈

이세혁 지음 | 값 12,000원

이 책 『아름다운 눈』은 번잡한 사회 속에서 피상적인 감정으로만 살아가는 우리들을 위해 '사랑', '이별', '삶'을 소재로 하여 언뜻 평범해 보이지만 가슴을 울리는 이야기를 들려준다. 작가 자신의 체험의 형태를 빌어 현대인의 사랑과 이별, 삶과 생각의 형태를 가장 보편적인 언어로 담아낸 책으로서 많은 이들이 위안과 공감을 얻고, 자신의 삶을 뒤돌아볼 수 있는 마음의 여유를 가질 수 있을 것이다.

맨땅에서 시작하는 너에게

이영훈 지음 | 값 15,000원

젊은 사회적 기업가 이영훈의 자전적 에세이인 이 책은 맨땅에서 인생을 시작하는 청춘들에게 미래에 대한 희망과 충만감을 심어 주는 받침대가 되어 줄 것이다.
어린 시절 아버지가 돌아가시고 어머니는 떠나버려 동생과 함께 고아원에서 자란 과거는 언뜻 아픈 상처처럼 느껴질 수도 있다. 하지만 그럼에도 불구하고 이영훈 저자는 자신의 인생을 통해 따뜻한 마음과 활발한 개척정신을 이야기하며 우리를 도닥여 준다.

책『하루 5분, 나를 바꾸는 긍정훈련 - 행복에너지』는 '긍정훈련' 과정을 통해 삶을 업그레이드하고 행복을 찾아 나설 것을 독자에게 독려한다.

긍정훈련 과정은 [예행연습] [워밍업] [실전] [강화] [숨고르기] [마무리] 등 총 6단계로 나뉘어 각 단계별 사례를 바탕으로 독자 스스로가 느끼고 배운 것을 직접 실천할 수 있게 하는 데 그 목적을 두고 있다.

그동안 우리가 숱하게 '긍정하는 방법'에 대해 배워왔으면서도 정작 삶에 적용시키지 못했던 것은, 머리로만 이해하고 실천으로는 옮기지 않았기 때문이다. 이제 삶을 행복하고 아름답게 가꿀 긍정과의 여정, 그 시작을 책과 함께해 보자.